80年代
新诗经典

果园与大海

傅天琳/著

西南师範大學出版社
国家一级出版社 全国百佳图书出版单位

图书在版编目（CIP）数据

果园与大海 / 傅天琳著. — 重庆 ： 西南师范大学出版社，2017.8
ISBN 978-7-5621-8835-3

Ⅰ. ①果… Ⅱ. ①傅… Ⅲ. ①诗集—中国—当代
Ⅳ. ①I227

中国版本图书馆CIP数据核字(2017)第167606号

果园与大海
GUOYUAN YU DAHAI
傅天琳　著

总 策 划： 蒋登科　吕　杭
责任编辑： 李晓瑞
文字编辑： 刘书宏
封面设计： 闰江文化
版式设计： 尚品视觉 CASTALY　周　娟　刘　玲
出版发行： 西南师范大学出版社
地址：重庆市北碚区天生路2号
邮编：400715
网址：http://www.xscbs.com
印　　刷： 重庆紫石东南印务有限公司
开　　本： 889mm×1194mm　1/32
印　　张： 6
字　　数： 128千
版　　次： 2017年10月　第1版
印　　次： 2017年10月　第1次印刷
书　　号： ISBN 978-7-5621-8835-3

定　　价： 38.00 元

1979 年在缙云山

目
MU
LU
录

第一辑

第二辑

第三辑

第四辑

后记

第一辑

DI YI JI

1981 年与林子、流沙河等在北京

青春的星

我青春的星小不丁点
云遮住它，它依然亮闪
云发脾气了，把它赶走
摔落——无数灰白色碎片

我背着干粮，淌着汗
寻至海角，又绕到天边
用一条自家编的粗布袋子
拾满我无限珍贵的梦幻

我每天浇水，虽然是石子
我想它有眼，看得见
我每天唱歌，虽然是石子
我想它有耳朵，听得见

五年，十年，二十年后一个瞬间
推开门……啊，它活了
每一粒碎石都是一片叶子
它不再发光，却是春天

1977 年

橘树上的刺

你是要划破我金红而甜美的记忆吗
高高的橘子树上的刺
不，不会的
你没有划破赤子的心
只是损伤了手上可以愈合的皮

1975 年

橙子林

扎根同一块土地，吸收同一片阳光
棵棵橙子树，是同一个父母生下的姑娘
远望，她们一样葱茏一样茁壮
近看，她们千种姿态万般模样
有的伸出长长的柔嫩的手臂
捧一簇鲜花在春风里摇荡
有的低着如豆的小脸
藏在绿叶下最不显眼的地方
她们以不同姿势呼吸同样自由的空气
运动着，追赶着，组成强大阵容
从春天走向秋天，从碧绿走向金黄

1976年

春风拂过果林

春风拂过果林，一切都在苏醒
树上的花 河里的水 山中的鸟 天上的云
就连那岩石缝里的虫蛹卵块
也悄悄睁开了眼睛
一群辛勤的忠诚的园丁
脱掉棉衣，挽起衣袖
开始做自己该做的事情

1976 年

心音

1

我的心是果园的春天
吐露着花
和花一样纯洁的情感
飞翔的云和鸟儿
是我的朋友
大大小小的虫子
咬我骂我，惹我生气
我都喜欢
让生命充分闪现
我的心是果园的春天

2

在沉思中保持宁静
不参与溪流的纠葛
不追随山洪的喧嚣
我的心是果园的深潭
唯一能感动我的
只有叶子和云的倒影
当听见绿色的呼唤
我蹦啊跳啊，忘情地
自由自在地喷溅

3

我的心是未开辟的果园
没有路
没有烧荒的火
不要惊动它
也不要怜爱它
岩石覆盖的苍凉
榛棘护卫的尊严
该埋葬的永远埋葬
记忆坟头
绝不生长虚无的幽咽
我的心是未开辟的果园

1976 年

要

我向春天要儿时的天真
我向秋天要青春的快乐
我向烟水要一叶归帆
我向山雀要一支恋歌

春是那样孤傲
秋是那样吝啬
烟水是那样匆忙
山雀是那样寂寞

我要，我要
我要啊！

1975年

我们

我们在寒冷的枝桠做巢
没有一片绿叶发来贺信

我们在柠檬汁的苦海扬帆
没有一节花枝愿来作桨

我们在夜的山路奔走
没有一个萤火虫赶来点灯

我们在茫茫荒野唱歌
没有一只鸟儿飞来亮嗓

我们，就是你和我
就是一切

两块残缺的心哟
今夜，合成一轮月亮

| 1977 年

柠檬

那些年
柠檬是最被人鄙弃的了
没有成熟是涩的
成熟了是酸的
多像是厄运的象征
就连小偷也不屑于看它
其实
那是人们的食橱里
没有糖

1977年

心灵的碎片

1

我的憧憬
和蜻蜓的翅子一样透明
在不高不低的天空编织童年的梦
我就是天真
和我一样天真的孩子来了
我伏在细细的草叶上，不动
当孩子带着胜利的战栗走近
我飞啦！他忘了我有一双大眼睛

2

我总是爱笑
苦日子尤其需要笑
我的笑转瞬变成甜
变成香蕉，变成石榴
变成月亮和太阳挂在树梢
我笑着安慰自己的心
忍一忍吧，再忍一忍吧
只有笑，才是苦难最好的陪伴

3

我是被牧童割下的草
并不悲哀
奶牛哞哞的叫声已证明我的价值
卑微和贫困是我的财富
是富人们不配具备的财富
我的诗歌将从这里产生

4

我斩荆除棘登上山
山却是绝壁
我钻进地心掘出井，却没有水
我采集风雨浇开花，已是黄昏
我是无望吗
我是失败吗
不啊，花死了会把信念留给隐芽
地心无情，天空还会落泪
绝壁不会绝灭生命的青藤
我就是自己的希望，我正年轻

早落的果子

我还没有成熟哩
我应该长在树枝上
是风把我吹掉的吗
还是缺少光和水的滋养

请拾起我拾起我吧
不要让我霉烂在地上
这不是对生存的祈求
而是对贡献的渴望

1975 年

血和血统

血，鲜红的血
吸进针管里，一 CC 一 CC

血，纯净的血
流进血管里，一滴滴一滴滴

一张苍白的脸渐渐红润了
却被另一张苍白的脸代替

批斗会上，成了重大问题
要老实交待：献血动机

血啊，你能救活一个工人兄弟的生命
为什么却不能属于这个阶级

1976 年

汗水

我曾那样赤诚地把你赞美
晶莹莹的汗水
你是早晨草叶上的露珠
反射太阳光辉
映照大山青翠
我曾那样热烈地把你歌颂
晶莹莹的汗水
你是冲破山岩的溪流
贴着我的额头
顺着我的脊背

今天耕作机在地里飞奔
效率竟是锄头的一千倍
我看见技术员脸上
也闪着同样晶莹莹的汗水
汗水啊你紧随一切运动着的生命
你的价值却有贱有贵
当勤劳和智慧融在一起
你就是又圆又亮的珍珠
当勤劳和愚昧融在一起
你只能是又苦又涩的眼泪

1974 年

天就要黑了

天就要黑了
该死！我还剩一块地
急忙搓散吐在手心的口水
把锄头握得更有力

天就要黑了
夜幕卷来一对不相识的男女
嘴里嚼着糖果嚼着歌曲
多美啊这山清水秀的圣地

我紧紧握住锄头
握住我的恋人僵硬的手臂
使劲挖使劲挖，天就要黑了
我还剩一小块地

1973 年

果园姐妹 （节选）

你这流溢着嫣红黛绿的果园啊
你这飘游着淡苦浓甜的果园啊
用不着我给你写诗
你就是一首美丽的抒情诗
黎明，乳白的雾飞来为你洗脸
朝霞为你镀红
你翡翠般的手臂在晨风中起舞
洒我一身花露
撩动我胸襟内隐秘的情思
子夜，你披着柔软的秀发
微闭倦美的眼睛
蛐蛐，蚱蜢和不知名的乐师
为你演奏一支小夜曲
哎，我怎不为你而陶醉
我的少女般的果园啊

是的，我爱金红的蜜橘
我爱硕大的苹果
也爱永远不会变红的柠檬
和玲珑剔透的小葡萄
是她们，众多的姐妹
组成了这美好的，新鲜的世界
但我更爱这脱颖于苦难世界的创造者
培育者，我的果园姐妹
我用山风一样不羁的自由自在的节奏
用鸟一样野性的不经训练的嗓门
唱一支歌给我的姐妹，也给自己
我虽然纤弱，懂事太晚
总是姐妹中的一个

哦果园
你这飘香的城市，色彩的宫殿
你这青春和理想的纪念碑啊
我们把天真的汗水，天真的笑声
连同天真的诗都一起当作建造材料
我们裸露着和土地一样颜色的臂膀
挑着和窈窕的身姿极不相称的大木桶趺趺撞撞
我们身上散发着泥土、青草、牛粪、汗水和雨的混合气息
劈开石缝种下了少年时代和
整个青春的韶光
种下了玫瑰色的梦和梦一般的向往

我敢说：我们是世界上最值得爱的姑娘
虽然没有一条花裙子
却给果园剪裁了一件又一件春装
可是赞许的目光
为什么看不见姐妹们丹橘般的心啊
枝叶间泻落的却是沉铅一样的白眼和欺凌
秋天的造访者们
有谁握过我的姐妹粗糙而灵巧的手
铺洒血汗的石阶上，布满多少不公正的脚印
压弯的腰身，变成没有解答的问号
劳动者，主人，怎样才是准确的发音
彩色河流上的孤帆
就是姐妹们的命运吗
青春的日历，一张是炎光
一张是冰屑，一张是残缺的月亮

辨不清面目的风，一阵接一阵
又卷走叶面上幸存的希望
剧毒药剂杀灭了虫子，扼死了花芽
赶走了山雀，窒息了自然界的呼吸
我摸着自己的心，渐渐失去节奏
在迷惘的追寻和无尽的摧折中
它疲倦了
凝成一粒不会说话不会发芽的石子
我的姐妹哟
我的苹果一般新鲜的姐妹哟
我的柠檬一般苦涩的姐妹哟
让我们在泥泞中站起，在烈日下集合吧
我们相信秒针更相信时针
相信眼泪更相信汗水
相信热情和花瓣会重新绽开春天的祝愿
相信果实和欢笑会重新弹响秋天的琴弦

1980 年

第二辑

DI
ER
JI

1984 年与刘畅元在鄂伦春

团圆饭

是缺柴，是少炭
煮一顿团圆饭竟用了二十年
嚼得烂的是鸡肉，嚼不烂的是思念
人世间的泪雨，溢出了杯盏

1980年

母亲的手

我是迟迟不肯上路的啊
边走边哭，我才六岁
不知道母亲为什么这样狠心
硬要牵着我送我过河去
我不知道在并不自由的年代
母亲的手是船
是一片唯一的自由

我不知道母亲留给自己的
是最黑最深最漫长的孤独
为了给我一副翅膀
宁愿让十字架嵌进双臂
身后的白塔，和她一样
默默承受着人世的沧桑和风雨

我就在这样一个破碎的早晨离开
在一个更加破碎的夜晚归来
圆月之夜，没有母亲
只有母亲的手是岸
泊满我永远的伤痛

1986年

母亲坟前

她要是知道她的女儿成了诗人
会多高兴
那个美丽如绝句的女子
如今是一座坟
这座坟在生我育我之后
脱掉了体温

跪在坟前
任她艾草抚脸
一缕清苦伴着温馨
凄恻入骨
疼痛入骨
思念入骨
不相信风暴已打散我们

她离去的那个黄昏喋血
为了血
我发誓不再流泪
我发誓让所有的血
开出玫瑰

让玫瑰火焰焚烧我的稿页吧
在坟前我读给她
我烧给她
我相信冥冥中有一只手
已牵着我回到她的膝下

1986年

半枝莲

妈妈得了癌症，医生说
一种叫半枝莲的小草能治

没钱买药。我找。我自己找
我要用自己的手握住妈妈最后的日子

那对生着淡紫色叶片的半枝莲啊
为什么对生呢？我想
一定是对生着女儿和妈妈的瞩望

采集了一个七月，采集了一个八月
走过一条田埂，又一条田埂

每天三四十枝，用清水洗净、晾干
九月登上火车，火车听见我的心跳
一路重复母亲母亲的呼喊

半年后，弟弟来信说：妈妈走了
半枝莲还剩下一箩
半枝莲旁边
是临死前三天母亲戴过的尖尖帽

那对生着淡紫色叶片的半枝莲啊
从此，你是我唯一不敢采集的野草

1982年

七层塔顶的黄葛树

七层塔顶的黄葛树
像一件高高晾着的衣衫
旷野拖着它寂寞的影子

许是鸟儿口中
偶尔失落的一粒籽核
不偏不倚
在砖与灰浆的夹缝里
萌生了永远的灾难

而它稀疏的桠枝上
麻雀吵闹着正在筑巢
而它伸长的手臂
像要抓住破碎的云片
捎去并不破碎的盼望

它盼望什么呢，我不知道
犹如我不知道它摇曳的枝叶
是挣扎，还是舞蹈
是的，它活得多别扭
但绝不会死去

它在不断延伸的岁月里
把孤独者并不孤独的宣言
写在天空

1980年

夏夏的眼睛

夏夏，睁开你的眼睛
睁开那夏天，和你自己

蝉儿在树荫里唱歌
太阳光从正午漏下来
从你长长的睫毛漏下来

两只鸟儿
穿过空谷的晚云
从你眼里越飞越远
夏天渐渐长大

而星辰，萤火虫
而专喜欢赴晚会的小姑娘们
却不慎掉进湖中了

快合上你的眼睛，夏夏
合上你的留影湖
留住那夏天，和你自己

1980 年

夏夏的头发

你仍是一枝风
你仍在我的臂弯

夏夏你睡了
湖中多了一朵睡莲
世界多了一种和平
没有人敢惊动你的门帘
没有人咳嗽

你是一棵树，你的发
轻轻落在我的面颊
和另一棵树缠在一起
放出树脂的香味

让我在你的发丝
在一枝八月最小的风中
做精细的雕刻
刻一百年仍嫌短
你仍在我的臂弯，直到
最后一秒，月光落下来
将我的头发围成一片银白

1980年

夏夏的花

这郁郁的潺潺的芳香
是从这些有淡淡药味的小瓶里飘出来的
是从你的手指流出来的，夏夏

这么多的药都没把妈妈的病治好
倒是把这个药瓶给治好了
妈妈该起床了，夏夏

你小小的无限的四岁的爱
让我们的竹棚子变成宫殿
让妈妈插一朵花在我的公主头上，夏夏

山野的金樱子花枕头草花紫绒球花花
你们不懂得自己多好看
只有夏夏知道，只有夏夏，我的夏夏

1980 年

夏夏的生日

夏天把生日给夏夏带来了

夏夏是苹果
夏夏的生日住在一只苹果里
让我把手洗干净
再去抚摸这只苹果

妈妈没有蛋糕
妈妈竟然买不起一个蛋糕
夏夏过生日不吃蛋糕
蛋糕没有夏夏的笑声好吃

夏夏不哭，被刺藤绊倒了也不哭
羞那些叶子
那些滴滴嗒嗒的叶子
没有夏夏听话

夏夏长高了
夏夏这是第三个夏天了
第三个夏天你懂得帮妈妈拾柴禾了

夏夏把生命给夏天带来了

1980 年

八月的钟声

渐渐地
少女的天真飞走了，渐渐地
我的双臂不能再做飞翔的姿势

一阵深邃的钟声
融入脉动
唤醒我最初的母爱
最初的母爱带着羞涩与惊慌醒来

怎么好对他说呢
我的呕吐不是病
让我静静地躺一会儿吧
我的船正在行驶
从此岸到彼岸
从单纯到丰富

我的整个心灵沐浴在高尚的和平的芬芳里
我不允许任何懦怯、疲惫和呆滞靠近我的身体
在视线所及的地方
有足够的光亮和音乐组成图画
我走进图画贪婪地呼吸着
别人说梦见花要生女孩子

第二天，我的枕边多了一条小裙子
还要做些还能做些什么呢
我离开母亲的时候才六岁
我忘了在五岁就问一问我的母亲

我做母亲的日子是八月
苹果红红，谷穗黄黄
红红黄黄的八月
现在该为八月编织篓子了
我想我也该编织摇篮了

1982年

背带

她只是顺着风顺着河流走去
并随便剪下身后的一段路
用来背她的孩子

她和孩子缠在一起
笑声叠在背上
哭声叠在背上
一条背带从孩子的肩母亲的肩搭下
在母亲胸前交叉挽成结
挽成蝴蝶

她径直往前走着
竹篮里的种子怎么也播不完
母亲的爱怎么也播不完
孩子只有种在母亲背上才能生长
即使秋天
她也能听见出芽的声音
蝴蝶结在胸前
翩翩飘起

母亲和孩子缠在一起
白夜解不开
雷电劈不开
也许只有在孩子能下地的时候
蝴蝶结才会缓缓松开
还原成路

而她只是顺着风顺着河流走去
她根本不知道世界上还有画家
她也不知道
自己正径直走往一幅油画中去
成为圣母

1982年

母爱

我是你黑皮肤的妈妈
白皮肤的妈妈
黄皮肤的妈妈

我的爱黑得像炭
白得像雪
黄得像泥土
我的爱没有边界
没有边界我对你的爱

你是白雪覆盖的种子
你是黄土长出的树
你是煤炭燃烧的火
你是生命你是力量你是希望你是我
孩子啊你是我的孩子

| 1981年

梦话

你睡着了你不知道
妈妈坐在身旁守候你的梦话
妈妈小时候也讲梦话
但妈妈讲梦话时身旁没有妈妈

你在梦中呼唤我
孩子你是要我和你一起到公园去
我守候你从滑梯一次次摔下
一次次摔下你一次次长高

如果有一天你梦中不再呼唤妈妈
而呼唤一个陌生的年轻的名字
那是妈妈的期待
妈妈的期待是惊喜和忧伤

1981年

毛衣

你将要长大
你将要走出去
许多年许多年后
妈妈织的毛衣你再也穿不下了

你的手臂会像道路一样伸长
你的胸膛会像草原一样宽广
你长大你出走你再也穿不下妈妈织的毛衣
你随意把它扔在哪个角落好了
忘了吧你把毛衣忘了吧

1981年

回来

我知道你会回来
你曾经是婴儿
接种卡介苗、牛痘
在维生素蛋白质和乳酶的喂养中
穿过愁苦失败欢乐成功的驿站
你长大了，磕磕碰碰你长大
你回来了，还是我的婴儿你回来

人生像条环形的路
我知道你会回来
像个父亲那样回来
像个母亲那样回来

1981年

琴声

那只不能缺少的右胳膊呢
它没有回来
它和硝烟，军号，红旗一道
永远地留在了那座高地

手风琴
躺在洁白的病床上
键盘纵有一排皓齿，却不再说话
未来岁月纵有一道路阶
却失去了跋涉者

太阳和月亮轮换着将你陪伴
命运颠倒了夜晚和白天
而你终于让键盘的高低音颠倒
用左臂重新举起生命的里程碑
谁也无法相信
你是怎样将一个春天的风
灌进风箱

掌声和雷
一齐祝贺曾经消失的世界
又长出叶子和花朵
我要把你的音符拴在我的
苹果树上，让它发出雄壮的声响

1982 年

那个夏天

那个夏天
我患肝炎
患肝炎的时候
最怕看感伤的电影
怕看爱得铭心刻骨的故事
怕水里钻出水妖
怕树林钻出树精

但那实实在在是一个最好的夏天
趁着病假我读书
我的病床旁坐着雪莱、拜伦、普希金
还有满脸大胡子的印度老人

医生说过几天可以出院了
可是泰戈尔才读了一半
医生一走我就把药悄悄倒掉

1982 年

你微笑着

你微笑着
望着洪水退去后的北碚
英俊的四方脸上
青春闪闪发光

为什么要奏响凄婉悲壮的哀乐
它不该是你的曲子
你微笑着，咆哮的洪水
怎能淹没意志
救生船在你不息的旋律中穿行

快走出黑色的镜框
永恒的生命没有边缘
你微笑着
放大的瞳孔
凝聚了辽远的爱情的光斑

这些呼喊这些哀思这些泪
你都看见了听见了吗
你微笑着，你正是这样微笑着
压住波涛
用宽阔的肩——横跨在
水与死亡之间的生命线
一群被围困的老人和孩子
就从上面安全地通过

1982年

所有复杂的事情

早晨醒来，朝霞满天
突然明白
所有复杂的事情
原本如小草一样简单

我真傻
为什么整整一夜
借来月的银篦
也梳理不清枕下的惆怅
满屋子晃动着，上上下下的车票和人影

所有复杂的事情
原本如小草一样简单
即使天涯茫茫
即使得失种种
即使误会，即使委屈
即使诗人，即使香樟

1982 年

相识在五月

我们因五月而相识
五月因争吵而受伤
窗外的雨下了一个晚上
江边的小竹坞哭了一个晚上

我们因水而聚
千岛因水而离
我捍卫我的绿
你遵守你的黄

别时天空心也空
别时一湖水空空荡荡
看湖岸灯火
排排都像车窗

我们因五月而相识
五月因争吵而受伤
火车票已经剪口
五月无法愈合

1984 年

张海迪

要白就白成冰峰
要蓝就蓝成大海
白云不再是梦
蓝天不再是幻
无翅的鸟儿不再憧憬窗外

病床上开不出花朵
白蔷薇不守女孩子的诺言
忘掉那轮泡在酒精里的月亮吧
在墙上，油彩正浓浓地喧哗
海蓝着！海啸着！

就让你不梳刘海的前额留住大海
让风暴把日子冲刷成贝壳与珍珠
让太阳驾驶金色马车，从海平线上
为你送来第二十三个春天

大海诞生了你，海迪
你在自己的生命里潜游
你在呼吸自己的名字

1982年

新年电话

新年之晨，第一声唤我的
是你。我匆匆抓起你的声音
贴在右耳
我竟忘了向你说一声
早晨好，新年好

你银发飘飘从不戴帽子
没有帽子，照样绣诗人的雅号
如此这样你就能纵横你的草场
任你的雪青马奔跑
纵然受伤，卧下，你也是一座雪岭

雪峰上最美的动作，该是亮翅
如此这样你说该做一只鹰
可我说我既做不了马
也做不了鹰
我只是一棵负重的树

你说树也是能奔跑能飞翔的
它跨过的伤痕无人能比
它飞翔的高度无人能比
听着听着我哭了
你说哭了就哭了
委屈和软弱都是去年的事了
你相信我会坚强起来

新年之晨
我答应你如此这样去试一试

1984 年

树叶

因为你确信
每一片树叶都贴满晨光的魔咒
所以你摘下它放在唇边
被你模塑过千遍万遍的春天
都在这片树叶的边缘

你的心里住着两个小黑点
无边地沉默着，遮蔽了整个世界
但是小黑点被抹去了
是它的主人自己抹去了
凭着这被掌声震破的大厅
凭着这天籁般的乐曲，从叶脉
流进今夜所有的眼睛和灯

所以我确信了你的树叶
确信了你的时光你的鸟
这下弦月是你的
这划船曲是你的
满天星光是你的

1981 年

第三辑

DI SAN JI

1985 年与舒婷在波恩贝多芬故居前

月亮

妈妈你走了多久我记不清了
你走了我天天晚上趴在窗口念月亮
念月亮从 D 字到 O 字到 C 字

我念得很轻，害怕小猫听见
它会笑我快做学生了还想妈妈
可是妈妈你听得见
你听见我念完 C 字
又从 D 字念到 O 字你要回来

我要在鸟声开放的树林子接你
一边亲你一边念好多字母给你听
你会说这才是妈妈的女儿嘛
妈妈想女儿还要工作
女儿想妈妈也要不忘认字

妈妈你走了多久我真的记不清了
你走了我天天晚上趴在窗口念月亮
念月亮从 D 字到 O 字到 C 字
也不知究竟是念月亮念字母还是念妈妈

1981 年

我是男子汉

如果今天夜里突然起风
不要害怕，妈妈
我是家里的男子汉

我已经六岁了，我是男子汉
我会举起长长的陀螺鞭子
把不听话的风
赶到没有灯光的角落
让它罚站

爸爸不会回来，今天不是星期天
妈妈你不要发愁
我是男子汉
我会用爸爸使过的锯子和斧子
为你劈开生炉子的柴

叔叔说男子汉就是有出息
妈妈你身边也有一个有出息
如果你收到一封
从天上拍来的电报
那就是你的男子汉儿子
要摘来一颗星星
照你写字，到很晚很晚

1981年

木箱子

妈妈，你给我这只木箱子
就是要我把这些连环画
把我崇拜的英雄装进去
装他们进黑屋子

但是你不要上锁
我保证再不和他们说话
任他们哭，闹，跺脚
我再不说话

弄不清是我去缠他们还是他们缠我
张飞、赵云、关云长和我缠在一起
不分上课下课
我想他们这会儿和我一样
正坐在木箱子里
想着自己做错的事脸红

放暑假的时侯
我的英雄就能从木箱子放出来
那时我们再去黑树林
重温一次“两更造饭，三更出发”
那时，我戴上红领巾了吗

1981年

夜班车

夜班车到站是十二点
雪落在我们身上

我和姐姐
等着一个人从一百里外回来
她今天要去做许多件该做的事
她每天要走完每天的路

姐姐的棉帽子变白了
我的白围巾变厚了
值班的阿姨
拉我们去屋里烤火
还有二十分钟汽车才到

不不
我们要站在石梯的最高一级
站在路灯下
路灯下站着两个雪娃娃
我们要让夜班车拐进站台的一刹那
立刻看见她的孩子

雪落在我们身上
夜班车到站是十二点

夜

从垃圾堆里我捡回
被我扔掉的你的泥团
油灯下我重新捏合被我打碎的
你的梦幻

你的小汽车小坦克小房子
小小的你的宇宙飞船

它们和妈妈的需要离得太远
当我挑着累弯的扁担下山
多想你把家里扫得干干净净
生燃炉子，煮一锅热饭

你一边哭一边顶嘴
那你为什么要写诗呢
你的诗有什么用呢
乖儿子，你的话
妈妈品不出是甜是酸

夜深了
妈妈的心却似这碎乱泥团
儿子，让我吻干你委屈泪花
让我拨亮午夜灯盏

1981年

晨

从窗缝漏进一滴月光
洗亮你的眼睛
再睡一会儿吧孩子
你看太阳公公还没有醒

还说妈妈的早饭太晚
太晚吗？我的亲亲
才六点过十分

你系着红领巾
嘴角噙一束稚气又诡异的笑
这是送给妈妈的吻

我知道你要去幼儿园
去给小弟弟小妹妹
扫地抹桌子洗毛巾
你把这当成一件大事来做
我的小星星

你出门了
跑过弯弯的拱桥
在小杉树的嫩叶间
你突然回过头来
我亲爱的孩子我的黎明

1981年

朋友

多想像老师讲课那样
一个字一个字认真对你说
我不仅是你听话的女儿
还是你的朋友

能不能告诉你的朋友
为什么站着发愣
为什么叹气为什么笑
为什么炒菜会把煤铲放进锅里
为什么做事也开小差
我的妈妈

我要沿着你的手臂走进你心中
像你清点我的作业本一样
细细清点你的世界
你的树你的鸟你的桥
妈妈我要做你的朋友
参加对你世界的布置和规划

如果地荒着我会栽花
如果花开着我会浇水
如果你困了我有头布
如果你渴了我有热茶

妈妈我不仅是你听话的女儿
我还是你的朋友

1981年

野花

在一首好听的歌曲中
野花轻轻地开着

开着开着
是谁家孩子
在开满野花的山坡上睡着了

用中音唱歌的是妈妈
她的女儿是山野最娇嫩的花

妈妈采野花放在女儿的梦边
女儿采野花驱散妈妈的疲乏
野花野花采回家把它采回家

1981年

为儿子们鼓掌吧

为儿子们鼓掌吧，母亲
这些穿蓝色红色运动服的是我们的儿子

是什么时候长大的
母亲们谁也说不清楚
这些听惯摇篮曲的儿子
赖着母亲奶头不走的儿子
如一群将士奔来

为驯服脚下这颗星球
大地铺展绿荫
为一次漂亮的射门鼓掌吧
为一次跌倒又站起鼓掌吧
为一次跌倒站起又奔跑又射门鼓掌吧

儿子们出了那么多汗
那么多那么多汗啊，洒泼在绿荫场上
为儿子们鼓掌吧，母亲
这些胜利的和暂时失利的
都是我们的儿子

1981年

旅行

从十岁的站台出发
我要做一次单独的旅行

我是这次列车的正式旅客
我有了自己的座位

妈妈给我准备了一个小包
装一些鸡蛋、水果和夹心饼干
再过三个站我就吃光了
可是田野给我准备了
村庄、稻谷、牛羊和看不完的风景

水渠绕着田野画半圆
比量角器画得还好
眼睛放出去就收不回来
目光咻溜溜直抵地平线

旁边四个大人
只顾着玩牌
他们辜负了奔跑的火车
辜负了一页一页不断翻开的
崭新的画面

我在做一次单独的旅行
下一个站台是十一岁

1981年

送伞

办公室的门推开了
一把湿漉漉的黑伞伸进来
一个圆圆的小脑袋伸进来
伞尖上的水珠嗒嗒嗒嗒滴在地上
很好听
孩子的声音也很好听

我看见天下雨了，未未不在家
我想起阿姨还在办公室
我想我和未未是好朋友
我就给你送伞来了

这孩子说话一口气一溜小跑似的
说完话圆脑袋消失了
好听的声音也消失了
我从窗户看见他光着脑袋在雨中跑

他是未未的好朋友
好朋友也不该忘记带自己的伞
这是个粗心的孩子呀
这是个热心的孩子呀

雨伞挂在桌子上
水珠顺着伞尖儿往下滴
嗒嗒嗒嗒
很好听

1981年

三八线

三八线
把一张课桌劈成两半的三八线

他常常指着三八线对我说
这是国界
我是一国的兵
你是另一国的兵

有一天
我也指着三八线对他说
这是银河
我是织女星
你是牛郎星
我不知道这有什么
反正他不吭声了

第二天，三八线被笨拙地填平了
接着我们都长大了，分手了
谁也不知道谁的消息
这世界太大了，有这么多的人

今天我想起了那张课桌
想起了三八线
这三八线地上有，天上有
那么长那么长
有个男同学，他在那边

1981年

在孩子和世界之间

你单纯犹如洁白的山茶
和童贞、鸽子、洒水壶一起
组成一幅春的图画

你是独生女，刚满十八
红杏一样的灼热嘴唇
只属于幻想、羞涩
和不敢说出名字的他

你站在孩子和世界之间
站在花朵和果实之间
是一道桥
一首诗
一束朝霞

你采集扑朔迷离的太阳光
让它变成孩子头上的白蝴蝶
你摘下缀满珍珠的草叶
用它编成孩子心中的童话

你是一丝快乐的风
飘入明净的湖
掀起一片一片蔚蓝色浪花
你是旗帜
率领天真和勇敢
荡起凌云的秋千
跳上欲驰的木马
于是海岸不再遥远
风暴不再可怕

当孩子在梦中，突然被震醒
是闯来了大灰狼还是被谁
抢走了小红花
别怕别怕，妈妈在这儿啦
我是、我是妈妈
说着你伸出纤纤玉手
抚摸孩子的梦呓
梳理孩子的柔发

我终于得到启示
人的语言因此而生动
你的爱情
因此而博大

1981年

准备

孩子，你说你准备当一个诗人
天空已经准备好辽阔和高远
只等着你——

一只十二岁的鸟
一个长翅膀的中学生
一支必将穿云破雾的神来之笔

你说你准备今天、明天、顶多后天
就要当一个诗人

你问我知道“只争朝夕”是谁说的吗
可不可以像数学速算那样速成
你又问我究竟什么是诗人
请说得具体些再具体些

我说孩子你不是说了很多个准备吗
诗人就是时刻准备着
比别人多长一只眼睛
多流一些眼泪多吃一些苦头的人

就是随时准备一只行囊
把每一次经历
好的坏的，大的小的
看到的听到的
感觉到的触摸到的
都认真收拾起来
当成下一首诗歌的准备

现在你准备好你洁白的纸张了吗
准备好骨骼、胸怀、肩和充沛的血液了吗
土地湿润而深厚
已为劳动者准备好丰盈的秋天
你准备好犁、铧、镰刀和汗水了吗

孩子准备好了就开始干吧
相信你是最好的

1982 年

放暑假

让我们把暑假放得远远的
放到九寨沟去放到草地去
去管那些云去套那些马

看树桠枝把白云一团一团撕碎
你就一团一团往兜里塞
塞满就够做一个冬天的大熊猫了
夏夏，你六个兜的书包背上没有

草原上有许多花
格桑花格桑花，你曾在一首歌中遇见它
它要拉着你的裙子到重庆
格桑花格桑花，要开在你的作文里

让我们把暑假放得远远的
去闻天青，去读天象
夏夏的小眼睛最新
夏夏的翘鼻子最灵

不管炜炜
谁叫他成天直嚷嚷
嚷嚷那颗小虎牙
让他把暑假放到牙科医生那儿去吧
让大姨妈的冰淇淋倒霉去吧
怪好看的小虎牙

夏夏我们走我们走
谁给我们牧鞭
风给我们牧鞭
让我们把暑假放得远远的
我们的腿是牧鞭
我们放出去回不来的眼睛是牧鞭
太阳在喊我们啰
汽笛在喊我们啰
走走，半票的火车也放暑假啰

1982年

森林童话

站在山上
你看我的森林是一片海
我就睡在海底
美人鱼一样睡着
青苔爬在我身上，做我的绿被
当我醒来它们就悄悄退下
挂在路旁

当我醒来总是鸟唱
这些鸟是我的朋友
虽然我不能一一叫出它们的名字
猎枪响的时候
它们就不见了
你站在山上
可看见从森林之海
呼啦啦飞起的一群

我的朋友有时抖抖翅膀
留给我一根两根美丽的羽毛
做我书本里最新鲜的书签

我常常摘几朵小小的蘑菇缀在身上
便是一头小梅花鹿了
我在森林里奔跑
留一串脚印等到春天发芽夏天开花
等鹿妈妈把我领走
鹿妈妈我想做你的孩子

有很多树枝调皮地拦我
狼的眼睛装鬼火吓我
偷果子的小刺猬
一到晚上是不是你在学老头咳嗽

小溪总是不停地流
有很多鱼儿在我身影里游
是谁投一枚松果
把我的影子击碎
小松鼠、小猴子
原来是顽皮的你们来了

太阳在树叶间和我捉迷藏
要想捉住它
除非长颈鹿把树叶吃光
我使劲练习把脖子伸长伸长
这时我真想做一头长颈鹿

风给我送来很远的消息
带一点腥味儿，那是海
带一点土味儿，那是山
带一点香味儿和烟味儿
那是城市
你站在山上，你告诉我
那该是蓝天下的城市吧

城里的老鼠是不是住在烟囱里
没有松鼠的小木屋
有了闹钟就再不要啄木鸟打更了
每个晚上，那些孩子睡得很甜
早晨，他们就开始幻想
幻想森林中的我是一个童话

有一只小木桶，打水
有一只小竹篮，盛花
幻想我头上戴很多很多花
幻想我衣角绣很多很多花
而我走的总是一条开花的路
他们想要我摘哪一朵呢

九点半，老师就要他们写命题作文了
他们不约而同都写我了
我不知道在作文里我是什么样子
无论什么样子我都很快乐
白天吹蒲公英很快乐
晚上数星星很快乐

我的朋友中
有一只曾在城里的房檐上停过
它回来告诉我
说孩子们都想我
他们夏天要到这里来

现在，我该给他们准备些蝴蝶
准备些漂亮的树叶子、果子
那时我就躲到森林深处
任他们把我想象成一只梅花鹿
一只金翅鸟，或者
小松鼠、小刺猬也行

你站在山上，你看见我了
求你替我保密
别告诉孩子们我是谁

1981年

六月

六月，取第一片胭脂
把粉红粉红的节日
拍在孩子脸上

孩子们比花朵比小鸟醒得还早
快乐的色彩和声音飞翔着
六月，快乐地飞翔着

六月在秋千上荡着
六月在轮椅上旋转着
六月在木马上摇
摇出许多笑声来
摇出许多歌声来
那么天真
那么纯净
那么清脆
六月的声音真好听

六月在女孩子的头上开放着
六月在男孩子的脚下奔跑着
惹许多蜜蜂来

惹许多蝴蝶来
惹大人们嫉妒、惹我嫉妒
嫉妒许多梦我没有做过
孩子们做了
嫉妒许多歌我没有唱过
孩子们唱了
我也当过孩子，当孩子时
我不知道六月是什么

六月那么蓝
蓝得似海
孩子们的白衬衫该是海上的帆了
孩子们的红领巾该是帆上的旗了
孩子们的黑眼睛该是旗上的星了
有一阵小风轻轻地吹
那些小旗子轻轻地飘
小星星一闪一闪
荡漾在蓝蓝的六月
孩子，你们要去哪里呢

去沙滩和六月一起晒太阳
去山岗把透明的六月深深吸进肺里
去六月深处
多采些风琴的声音作标本
六月好蓝
六月好深
六月好透明

六月是多肤色的
多肤色的六月制成邮票
燕子衔走
飘进树林子
飘进竹的、木的、玻璃的窗格子
六月的羽毛最轻盈

我们的六月是黄的
黄黄的六月是太阳给的
太阳给的六月是金灿灿的
金灿灿金灿灿的六月啊

1982年

第四辑

DI SI JI

1986 年在新疆伊犁苹果园

这城市

这城市从浪花中归来
一把推开朝天的门
春夏立于江之北，秋冬立于江之南
这城市全身挂满汽笛、鲜花和灯

这城市蕴藏太多梦想
太多巍峨而奇崛的岩石
胸中自有丘壑，自有山神的非凡气度
这城市的手臂是两支桨
彻夜地划动着，划动着
一支是长江，一支是嘉陵

树在桥头，楼在云端
这城市坡陡路不平，习惯于登高
这城市腿脚特别粗特别壮
汗水特别咸特别硬
特别能吃苦、吃辣
常年掩隐在雾中
特别珍惜有阳光的早晨

一到夜晚
这城市便开始抒情
拨响不断延伸的琴弦上的路
抒情曲流动，音乐流动
激情与浪漫流动
浮起一座音乐岛
音乐岛，半岛的城

有书记来过
有总理来过
有黑体大字《人民日报》登过
有一种思想和信心
使得这城市古老而年轻

多好啊！这城市高楼林立
我有一把钥匙四面窗
这城市光如瀚海
我有几盏黄朦朦的节能灯
接受人口普查，参加各种训练班
我的文字种满所有的阳台和街心

穿过小寒大寒，青草已经起步
千载难逢的机遇就在山顶
心中爱着，我才成为一根灼热的花枝
成为这城市的幸运公民

1984 年

牧歌

草原的草是没有遮拦的
漫不经心就走过克日伦河
草原的牧歌是没有遮拦的
风一吹就开出遍地花朵

贝加尔针茅长小小的刺
刺我们手臂以轻微的疼痛
八月太阳长小小的刺
刺我们心里以无限欢乐

四野飘荡音乐的气息
那些散失的名字和马匹
聚到一支牧歌上
就成了草原庞大的根系

每一棵草都走来走去
老是变换牧歌的方向
牧歌走过的地方黄了又绿
黄与绿之间夹着一片草原

1984 年

到草原去

乘一辆大客车到草原去
一程一程雁语送我们到草原去
一树山丁子
已被向往涨得通红

到花比草多的草原去
到草比诗多的草原去
去作牛羊
啃光一个诗人的青草
忘记争吵，胃痛和药
到安详与宁静的草原去

给大马套上金鞍子
给高腰水靴拴上红绸子
挥一阵马蹄风滚过草尖
被白雪深深掩埋的故事
我们要去一个一个找回来

用金边大碗喝酒
用羊肉干珠帘装饰镜头
我们被风托着
远远飘离城市，噪声和拥挤
嚼一节自己的诗歌
忽然间有了青草的香味
奶茶的香味

草原，草原
还没有分别
便开始怀念

1984年

老人与湖

野草都爱坐在你的周围
听你吟唱
大雁都爱飞向你
向你倾吐心事
你是大雁秋天的湖
湛蓝的湖

一只干干净净的杯子
斟满雨水
无数年代的雷电劈来
一如美丽瓷器受到伤害
而你，仍旧是湖
没有皱褶的湖

一个不一样的春天终于来临
所有生命瞬间复苏
你听见冰雪解冻的声音
携带着眼泪和落叶
快步赶到水边，啊老人与湖

失而复得的自由让你重新活着
让你的诗歌更加理解自由的涵义
老人唱起歌来
一边撒网
一边一如既往地
放走网中的鱼儿

1984年

未来和未来佛

在一枝素烛中升起你
升起未来佛
未来的山山水水，升起在烟雾中

在闹钟闹不醒的城池
住着未来，满怀善意的未来
至少我是这样相信你
看你平放的五指，看你的慈笑

你的慈笑穿过我的双臂
像一只鸟我飞起来
我呼吸你呼吸过一千年的空气
仍感觉那么清鲜

我已经完全相信你了，三危山下
未来是什么样子无关紧要
未来无论发生什么事
都要平心静气

1985 年

梭梭草

风，伸进空骨
又掀翻我头顶的刺蓬

葬身于西部最辽阔的公墓
我是一棵梭梭草
沙哑的西北风一粒一粒
扑打在我的墓上

混浊的地平线到哪里去了
一座寿昌，许多座寿昌到哪里去了
红柳、黄羊、黑骏马到哪里去了
趁火打劫的流星雨
干枯的古河床

太阳啊
出来检阅这悲怆的生命吧
我错误的根
已与风沙错成死结
我的手臂伸出坟头

1985 年

疏勒河

日月往西
日月的方向是男子的方向
水流往东
水流的方向是女子的方向

而我要追随你径直往西去
许多年许多年
风为你狂野，山为你雄壮
但我还是要弄一枝羌笛
缠缠绵绵吹过嘉峪关去
还是要弄一船月牙
剔剔透透撑到鸣沙山去

一直到你的驼队与马队
驻足不前
到你干涸的双眼
只能畅饮蜃景
到你迷路，昏厥
四处寻找铜钱、瓦罐与白骨

夕阳埋进沙堆
又一早一早地站起来
那是我用我温柔的带血的手指
从坟墓抠出来的生命
但是九色鹿不是我
摘取火种的英雄不是我
护佑你巍峨健壮的女神也不是我
我只是穿着土布衣衫的疏勒河

随你西去，要说话更淡，走路更轻
在鲜明的反差中与你和谐
当呼吸下沉到你的沙底
会有沙枣花开在我的床上
我就这样一步一步滋润你
一个冬天孵一窝卵石
一个夏天生一片绿洲

这世界如若没有温柔
一切生动的脸都将枯萎
日月往西，日月的方向是你的方向
而我要追随你径直往西去

1985年

往库姆塔格沙漠走去

往库姆塔格沙漠走去
结果会怎么样
结果是一堆散碎的意境
黄色一层层盖过绿色
风一天天吹

一切经验都拒绝与我为伴
风沙最终要抹掉我
而祈祷是无用的
而月亮正在死去
而我正往库姆塔格走去

啤酒瓶的遗骨在风中大笑
我必须学会在沙漠抒写狂涛
太阳刺我，风沙锤我
只有天边有水，有船，有树
有坠落在水上的钟声
在唤我。在库姆塔格，我饿了
两瓣凋谢的嘴唇
衔不住西去落日
一只黑鸟从我右边的天空
飞进我左边的天空

结果会怎么样呢
结果也许很坏
而我还是要往我的沙漠走去
一只瘦蝶，一张最薄的怀念
最终渺小如沙，伟大如沙
我松弛的思维躺下

1985年

敦煌之夜

反弹的敦煌之夜
带着戈壁的赭色潜来

风潜在琵琶弦上，胡乐四起
善舞的西域人
信佛教的天竺人
风尘仆仆的粤国人、蜀国人
疑心自己就是飞天

生长飞天的村落
摇曳的月光是敦煌的根系
一条根上奔跑着一只鹿
一步一朵莲花
赭色缭绕在莲花座上

骆驼刺绣出的红云，早已散尽
水的形状如半月
鸣沙山上，一条美丽曲线是风画的
缥缥缈缈，反弹的剪影
轻盈盈若月光筛落
最细最细的沙子

1985年

鸭儿峡

在祁连浅山上，鸭儿峡
浅山长着浅草
浅草开着浅花

开着星星点点的瞌头机
开着十八九岁的小甜甜
开着月色丰满的鸭儿峡

鸭儿峡的地心躁动不安
鸭儿峡的地面静默无语
放石头的小哥哥哟
你渗出油的脚窝不要挪出鸭儿峡

再过俩月这里就飞雪
寂寞的狼，不叼人
只叼雪与寂寞，寂寞久了
已不知道寂寞是什么味儿的鸭儿峡

我感到为你写诗
和不为你写诗都是轻率的
有不少人来过鸭儿峡
来过又走了不在鸭儿峡

唯一条大花头巾，与你形影不离
唯抽油机陪伴青春
挖掘你深深的情感
唯你……不为报答不为赞许
在祁连浅山上，鸭儿峡

1985 年

告别酒泉

一阕月光
任你吟出几多醉意
戈壁风回旋到此
已被酿成酒的支流

酒泉滴滴
滴落即成以往
生活即成告别
酒中看你胡旋
看你墙上醉步的书法
一排雁声，涉过酒泉
便不再是关内的鸟儿

雪峰挂在你右边的窗上
家乡挂在你左边的弦上
听你弹淡蓝的思念，淡了又淡
那么酒是今夜的上帝
上帝说酒可以满，月不能圆

酒泉滴滴滴落即成以往
生活即成告别
告别的酒容易醉人
告别的月光容易伤人

1985年

红柳曲

1

我的掌纹清晰如路
你的掌纹坦荡如怀

掌纹的指向，是一列
英雄的长途
举棋不定的梦
停在火车驶过的站台
让一只卤鸡和一袋锈梨陪我
我就能追赶你的苍茫

东方伸出长长的佛手
没有抓住西去的落日
我多年的祈祷原本是一次
庄严的赴难！沙海太沉，阳光太重

2

大地祭坛，不甘屈辱的祭品
是一群被追捕的无辜野魂

一个沙哑的声音在喊罪犯罪犯
沙丘摇摆刑警步
黄色与灰色浑浊不清

你说：世上最好闻的气味
是新鲜羊粪的气味
那是生命的气味，是你的昨天

被夸张的死亡
谄媚的磷火是无数灼烧的躯体
风的旋转的舌尖
吐不清这无血无泪的诗句

原始的蜃气被你一掌击破。你又说
你不因生而伟大也不因死而渺小
却要从白骨中判明生者的方向

3

雾在后山，旋转的牧场
打开巩乃斯平川

天地被你无限放大
我被你无限缩小
缩小的我的身影，无处藏掖

光的手指，滑腻而世故
扶我站起。我已不能作为我而存在
广阔无边的孤独
是唯一生存我的空气

那么多玫瑰和酒
那么多柔情和草

为什么命运选择了我在四月到来
为什么夕照中我和平的剪影
让一颗心疼惜
让十万支压满敌意的枪筒喑哑

为什么我的红柳裙受你抚慰
从此亮丽清新

4

爱的羽绒，真主的翅膀
我被簇拥得如此辉煌

树梢抖落粉状的白色
山野抹上蜡状的白色
河水流淌液状的白色

白雪将我圣洁
乔尔玛路带沿我双肩泻下
白雪啊白雪我和你彼此燃成白炽
天山，在你低沉的褶皱之间
夹着一条幽咽的四川

风在扬鞭，陆地急不可待地飞动
寒冬没有掐掉最后的胚芽
我淡得似有似无的草裙
绣满活蹦乱跳的小驹子

此刻你呼吸着你的天山
此刻我流动着我的天河
此刻同一片天籁赐我们分享

5

我是你一跳一跳的维吾尔小火焰
十二岁的花儿
吵吵闹闹的热瓦甫

为你提壶洗手的小妹焰焰
为你擦亮皮靴的小妹焰焰
吊着你的脖子，在水渠边蹦着与你比高
使你浑黄的眼睛流出最清澈的水声
是你十二岁的焰焰

今年总是开在去年的枝上
明年总是开在今年的枝上
杏花谢过四月，我们谢过胡大
哥哥你乌黑的蹄声使塔松的鬃毛摆动

你说火焰还分大小吗
你说：你永远是我十二岁的古丽

6

直立的海，每一根柱子
都是沙尘
转来转去我们转不出
这方戈壁

捧尘土敷过旧恨与新伤
满是血迹的脚要学会忍让
天地间仍是一团混沌
唯沉默能使山与海同行

月色如铅
沙枣树沉重的身躯，缓缓爬行
抖落二十度春秋的荣耀和耻辱
空出手来，反剪一双持重
释放一对轻盈

我永做你背阴的一面，陌生的旅人
我的使命是与你飞越幸福深重的夜境
有火种点点滴滴，那不是太阳
不是太阳
我们要的不是黄金

7

被蹂躏的灵魂
被蹂躏成沙仍旧是灵魂
绝望如同欲望，如同旌旗高挂
哦哦，看又一群背包来了
又一群黑鸦

乌云盘旋
画无数狰狞的圆
一声凄厉的狂叫，一只手在抽泣
你大步上前为我梳理风暴

一羽月光飞去不再飞回
这是岁月。火焰山点燃不再熄灭
这是爱情。河水拉着汽笛驶往远山
远山笼罩于神晕
是我不能到达的层次

永生不能到达你，并不忧伤
借西风年年为远山披一件胡杨
天空落雪，草木落泪
雪与泪的吟啸，就是我的瞩望

8

汽车穿行于刀凿斧削的山脉之间
一个拐弯
温柔的曲线出现在眼前
哦哦！一片清澈的水，一抹绿草

这时谁能不说西部是属于女性的
她只是甘于在最后出现
甘于把辽阔与驰骋交给男人
她负责生育，负责烘暖土坯房
负责用牛粪火烤熟香喷喷的馕

负责用曲线的斜坡去赶小马驹
负责剪羊毛擀毡子，负责挤奶
那香甜的肥硕的肉质的奶啊
就从牛的羊的石榴的梨的杏的乳房里
从西部饱满的乳房里源源流出

升平，恒动，宽厚，良知
创造了男性世界的文明

9

你说：你来此是真主的旨意
真主早就安排了一顿饭，宰了一只羊
要我在此时此地招待你
无法削弱和阻碍的天意顺它去吧
为证明我的坦诚，这儿才有了戈壁

一生只为了栽种一棵月芽
一支弯腰的仙客来
只为了朝拜一对星辰

世界的终点是大峡谷
是峡谷中鸟类与鸟类的回声
直到日出杲杲，相互被点化成神话
才回到各自居住的树桠

生命的神秘的香味
湍急的四月的光芒

而我至今对你无所不知一无所知
我匆匆地来又匆匆地去
唯你绵绵无期

10

什么时候草场牧歌发芽
羊肠道孕满愁蹄，哎，我记不起了

大白狗下过几千次崽
杏花杏花谢过几千回春
月亮月亮挤过几千道皱纹
我全记不起了
可怕的困倦袭来
我听不见海潮

女人最宁静的时刻
女人最庄重的时刻

啊，忘却
我要学会忘却
忘却是爱的极至

豆蔻梢头，耳坠子刚刚订亲
有阿訇作证啊
我获得了你的珍爱，永远崇拜天地

11

柔巴依，柔巴依
我一切所幸与不幸全在于感激

我为什么感激
我怎能不感激

伟大的男性愈加伟大
伟大的女性愈加平凡

我代代与你相随
我世世与你相逆

你就要上路
让我站起来
让我最后为你勒紧马的肚带
整理马的鞍鞯吧
女人死后化为红柳
请把我插在你的胸前

1986 年

森林之梦

到了森林就想做梦
就想将自以为了不起的心事
刻写在桦树皮上
就想真心实意地
去爱一个诗人

诗人是最会制作童话的人
甚至将自己比做化为泡沫的鱼儿
将森林比做海，叶子比做小舟
划一支桦皮船去童话
一桨一桨，荡起少年的歌声

如今少年已老
满头白发满脸皱纹
一群昔日的曾经死亡的少年
依然梦幻，依然童贞
拾得一把松籽，又孩子气地抛向空中
相约三百年后，坐同一节小火车
看望这片多情的森林

1984 年

加格达奇

木头国的国都
捣碎都柿果，用果汁染你的红唇
染你大片大片的红瓦，加格达奇

用榛子的酒味
灌醉所有的雪鸡
醉倒在开发者的远景里
开发者，是怎样将手臂伸进风雪深处
只有铁道兵能告诉我
加格达奇

加格达奇立住脚尖
在北纬 50 度的冰上旋转芭蕾
无霜期很短，雪线很长
长长的一根寒温带
让每一个森林城市驰骋芬芳
那最远的一朵，该是古莲

画你以松鹤
刻你以木雕
松鹤木雕都不能满足你的夙愿
有好多木头在喊
再来点火车皮呀，加格达奇

穿过十字街
明日有一张车票去北方
明日有一封信去南方
有许多樟子松那儿也不去
加格达奇

1984年

森林城市

驾自己的年轮而来
听自己的鞋声，轻轻飞翔
哦，森林城市
我是一棵爱幻想的南方的树
南方，跨过无数溪流
只为追逐你一颗小松籽的翅膀

森林城市被森林拱着围着
被铁路缠着绕着
森林城市堆满木头
这就乐了爱骑木马的孩子们
苦了爱抽烟的丈夫们
当晚云撒播木屑的湿气
这城市涨满啤酒的气味

四点钟太阳就趴在木栅栏上
催你起床，催你劈柴
催你竖起你的黑木耳
倾听黑龙江最新的潮汐
这城市肩负所有树木和风雪
波浪式地歌唱

一切都是木头做的
森林城市没有铁椅子
仅仅精通会议不行
仅仅做老黄牛不行
森林城市必须懂得采伐更懂得营林
懂得安置水暖机库
懂得在雪峰之上有红红的牙格达
举起你的目光

常盼望明天的节目和球讯
常想起最初挑行李卷的土篮子
想起木刻楞。木刻楞嫁接天线
森林城市伸出触角
接通电流，更加敏感而且粗壮

那棵喜欢幻想的树
便随着小松籽的翅膀
缓缓降落在雪道，幻想白天做白桦
幻想夜里做黑桦

1984 年

现在是雨季

夏天自一滴鸟语飘飘而至
现在是雨季
小矮人戴白色大斗笠
小木屋开始读书
并制作过冬的皮袄

采过塑料大棚的豆角
我们出门观望天色
多想每一滴雨珠飘成六角形
多想一步跨进冬天
跨进林海雪原
多想和那只小松鼠一起
把雨季和风季拖进树洞
偷来那只钟，拨快它的指针

而现在是雨季
暖暖的雨季
坏脾气的雨季
让所有车轮陷入睡眠的雨季
什么也做不成的雨季

淋着雨想冬天的事情
是一种美好的享受
冬天，阳光是一把冷峭的雕刀
把整座大兴安岭雕刻得无比苍茫
红红的都柿果
开放在雪线之上

而现在是雨季
看妻子做皮袄多好
看女儿读书多好
大兴安岭是最豪迈最温情的诗人

1984年

森林之爱

快去迎接这一群孩子
这些赤脚穿过沼泽地的孩子
眷恋故乡却要忘却故乡的孩子
冲破蔑视与屈辱的孩子
这些生来就没有飞翔权利的孩子
这些太阳的弃儿

他们不约而同地走向你了
走向你樟子松一样葱茏的爱
长睫毛的森林母亲啊
你就用第一间木刻楞
接纳了庇护了你的孩子
抖落了他们身上和心上的风雪

整整一夜，你烧起篝火
给他们讲一只鸟衔石填海的故事
要哭，就扑在母亲怀中大哭一次吧
只哭一次！

接着用零下 40 度的严寒去爱他们
用呼啸的大风雪擦洗伤口
用冰煮蘑菇的鲜味
用满山满岭的红豆
去酿造自己的酒，自己的爱情

你终于看清了你的孩子
原本就是大鸟
就是披花羽毛的小雪鸡
就是风就是雪就是树
就是大森林

斟满酒，点燃木拌子
来呀！所有的松树们桦树们
没有姓名的野花们
为大森林之爱，干杯！

1984 年

雁荡山

雁荡山有几滴雁声
掉进谁的眼睛
谁的眼睛就飞起来

飞起来一片雁荡风
风从海上来，风从天上来
乘漫不经心的雁翅荡来荡去
给每一块石头插上羽毛

我不会走路了
轻盈盈随时会跌入某一个仙境
那修女在石壁颤颤悠悠
那老鹰石连夜孵化出一万只想象

那男孩，那女孩
已结成石头夫妻
美妙地耳语了一万年
也不管脚下的佛灯

这时我突然抬起手腕
听爱情滴嗒滴嗒地走

谁的目光突然凝聚
真担心目光如电推倒峰巅的危石
让谷底的石笋长出新鲜的诗歌
游人们走出自己的身体
又走进石头，拥挤着
观看深处的灵魂

二折瀑
已将我和自然融为一体
我只能为一片雾气而发呆
这时水净得已不是水，你也不是你
语言也不是语言

1984年

西子湖

记不得乘哪一趟梦车来过
被哪一片春风裁过，裁一群燕子
我，是其中的那一只

当南柯一梦醒来
循着水声看见自己的影子
谁能相信确已来到西子湖畔

遍地是诗
拾几页投进湖中，立刻情思漫漫
漫过苏堤与白堤

堤沿飘来那年的酒香
月是满月，坐在月亮坪上
今夜我如水的心情动荡不安

读着墓碑里的忠魂
忆起开天辟地的爱情
都是为民族为信仰而灿烂

那站着的越站越高
跪着的越跪越低
水的硬骨撑起一方柔美的江南

啊西子湖
湖边的人最爱吃藕
最爱穿藕荷色的小衫儿

最爱将满腔抱负刻在湖面上
然后冲一壶龙井，清清，淡淡
清清淡淡直让人回肠荡气

1984年

灵栖洞

当我们的雨伞一朵一朵地收
洞中石葵就一瓣一瓣地开

洞中有水
水中有时间
时间一滴一滴，滴成钟乳
哺育一群蛰伏的小生命
有多少感叹滴溜溜在转

你可听见山山水水
在自己脉管中的跳动
步入无智之境，弄不清
什么为不朽，面对自然之神
人类只能缄口不言

在一切神话诞生之前
有太阳雨洒在你身上
有月亮雨洒在我身上

从冗长的睡眠中点醒我们
穿过一千年一万年
离生命越来越近，我们
便是最早获得灵性的两块石头
奔出洞口
一朵，一朵地开

1984年

在绍兴

夜半风起
真怕惊散先生的稿页
长出遍地阿 Q

真想惊动先生的目光
走出纪念馆
和我们一边呷茶，一边笑指天空
白日一张火辣辣的脸
怎的一个说变就变

想起昨天
人不说话，天不说话
天闷得人发慌
闷得笔尖差点生锈
覆盆子开无数朵血霞
老戒尺安详地等候
读书的少年已经过海

路过酒家
看生意愈做愈好
茴字愈写愈简单
便想起一篇中学课文，许多杂文
从薄薄纸页跳出无数的
闪电和投枪

这是在绍兴
从绍兴，明晨七点我们出发
从先生的旗帜出发

1984 年

海

1

反复无常的任性的火焰
点不燃你
扑不灭你

越来越多的人和鱼
赴汤蹈火，把自己嘱托给你

2

我用那样的眼睛看你
那样呆呆地望你
我没有开拓你，只是顺从你
每一步被倾斜的命运推动
命运的方向是水的方向
水流往低处，最低处是海

我生活在你生活的尽头，在海
在海里是必然相遇的一滴
自由的元素，我飘动，我滑翔
我随风流荡

肩负不可忍受的诚挚的怆痛
俯仰烟波，风帆，沙鸟
钦佩与畏惧共生

我和你纠着缠着拧着挣着
重视你又无视你一切有形和无形
我被你百般揉洗百般折磨
相互悲悯而生恋情

3

幸运的人生
踩过不幸运的海滩
风挟着海滩一溜小跑
我们盛开的脸庞，四顾茫茫

送别，迎接，祈祷，哀悼
海滩将人心搓揉成沙

4

仅为一场沮丧的梦就信了灾难
爱着的人啊又胆小又怯弱
我的爱软中之最软
以至软到折不断的程度以至愤怒与敌视
也奈何我不得

一个岛围拢一口井
一碗淡水漂洗一汪海腥
波涛中跳跃的星子
是海的骨质放射磷光
海啊你在为我受苦
母亲乘一片残翅飞向空冥

有夜晚就该有家
有家就该有我
半裸渔姑的歌唱
徘徊于暧昧的温带
不知盼望什么但是她在盼望
不屈的盼望充满信心

折戟沉沙。即使这样
改道崇山你也是我的征帆
生命支付大半
能同舟共济，乃一千年修来的缘分

5

那么多鱼儿踩着波涛挥舞小旗为谁欢呼
海被我们剖开，又迅速合拢
并且不流哀伤的血
早霞的玫瑰园

6

一副柳肩能承受什么样的使命
海上多风，我只相信命运的魔力

斑斓的血迹，骚动的峰群
一颗被错伤的牙齿让我触礁
激情呈杯状高高举起
你摔碎光杯溅开七级大浪
海翻动鳞甲，汪洋恣肆
我被风的长鞭一气抽打一千次
我突围，我破裂，我乘失败的帆翱翔
付出一生代价，不要救我
我宁愿在此时死去

这是人生的华彩乐章吗
让我昏眩于颠簸于窒息于其中吗
能贮存失败者的力量，是海的幸福吗

海拓我太宽
天待我太厚
独立苍茫，我倾盆地哭
啸然吐出心中抑郁

亚历山大，我是被你征服的世界
我是你胜利后最透彻的寂寞

7

什么你都思想过了
我不再有思想，海啊
你大度雍容，赫然，悠然
我小家情怯，帐然，凄然
你给我什么我就收下
你不给我我不生气
生活依靠力量而不是计谋
种种礼赞种种咒语都是多余

一会儿把最深奥的问题
说得人人都懂，当你教我爱情
一会儿把最简单的问题
说得人人都不懂，当你教我哲学

浑圆的无懈可击的海啊
亮丽的星辰忽然间不辨清浊
精神沉痛苦渡无边时，方想到祈求
想到向海起誓海啊海啊
请帮助我们，这无助的恒河沙数

8

在下午和咖啡之间，一辆三轮
飞快地跑，全然忘了收多少车钱

扔给我一个椰子吧
让我一层层剥开日月的壳
痛饮你饱满的奶水

给你椰子，给你香蕉
你紧握十指葱绿。迷我醉我
生命是一次次试探
一次次寻找独立又寻找依赖

两排棕色的眼光灼灼审视
椰子树羽毛舒展
凤凰木泰然自若
海啊受着你的保护我结彩垂光

9

月亮升起来了，一轮大圆套一轮小圆
从海底升起来了，从我涨潮的心
你的心停靠在我的心里
看啊太阳的镜子升起来了

绰约如处子，举北斗为杯满酌桂浆
洗濯过的生命你苏醒在死亡线上
心灵被擦拭而焕发光芒
大片大片开放吧我的月亮

我要征服你而不是诱惑你
我要你一直浸在月光的意境里
我要你上岸。没有岸
一对虫子从近壁爬到天边

有仙乐飘飘洒洒
有一颗子弹同时射中幼年
为何海上生明月，月如手铐
掰一块月亮喂鱼去吧我们！为何

圆月。继而缺月。继而粉碎的光华
生命就是如此吗我捣碎你
我捣碎你桂花的香味，捣碎你广寒的宫
广寒宫，你白色的宁静让我战栗

10

哪儿是归宿，我只崇拜路
一条路对于你是大道
对于我也许是歧途
就这样走入幻中之幻
走入玻璃镜永不出来
直至地老天荒，佝偻着拄月光来访

11

沉浮回转
又到了繁花如雪的季节
这世界死在自己的季节里
耍尽小聪明劫数难逃
一刀剪落的久远，又节外生枝

我被误会，被你有意误会
我轻轻掸去你的误会
舍去近在目前的岸
追逐辽远的悲怆

这世界最后只剩一叶扁舟
心心相印，志诚必逢志诚
咬破昨日的茧壳，我猝然辞别往事
请你原谅我又自尊又虚荣的感情

12

只要往日的天真
仍在你眼眶跳动
就不要担心破晓之前
有一场灾难让你心悸

天是海的深渊
天是一张必然要飞走的机票
只有颤动的珊瑚光
才是永不遗忘的温情

雪亮的海滩
一叠叠烙满野菠萝的齿痕
漩流哮喘着热望
我将随你尝遍人间的不幸

13

我匆匆赶到海边
发现十年前死去的我的躯体
我没有打捞，让它漂去吧
活着，死去，我都在海上

沉沉浮浮，都是生命的节奏
一种模式地出生
千姿百态地死去

潮汐干涸于前额
伟大的沉默卷走涛声
一个两千岁的老人说
坚硬的已经消失，软弱的还存在
以水纹的底座塑造人生
我的海，我与你浑然同归

14

那时，我敢于无愧地说
我拥有的一切都是自己的吗
当你再次成为气流远离我又弥漫我
当天空，海，和我，和你，响成一片

二百条海岸线层层逼近
逼迫历史到此结束
心已交给过份信赖的旅行
旅行已超越崇拜

由你开创的海由我种植的海
切开浑圆的海
无涯无际的力量涌来

爱赐我以生育的骄傲
大海滚动脊背赐我以皎洁
于澄明与纯青的境界
我充满自洁与珍珠蚌落的声响

1986年

柏林西

几个夜晚
我用辛夷木赶制一辆车子
用桂枝赶扎一面旗子
结果我还是骑一羽天空飞来

故宫的皇帝比我早到
已坐在广告牌上读德语
纷纷扬扬的小熊，绣满市旗
用前掌擦拭自由神的铜翼

我被三角镜分解成无数个自己
弄不清哪一个自己是真的
比别离更远比镜子更深
是一次记忆，我不敢
将所有的感情和意识交给电脑

抽象派油墨浓重洒泼
犹如钢铁碎片
又硬又烫的钢铁
从这座城市出发
在欧洲的肋骨上弹奏哀鸣曲

太阳哭出血来
又硬又烫的钢铁
最终又回到这里
将凯撒威廉教堂轰炸成艺术

艺术与我们共醉一杯酸葡萄酒
再用四国的餐刀切开面包
再往面包脸上抹果酱

一只丝袜翘着
顺电梯而上我踩响吊钟
惊叹你的华美和富有
却不知马克为何奔忙
咖啡为何失眠

黄昏时你约我去过教堂
听一片钢琴弹起巴赫
在幽蓝的光晕中
诗歌踏着上帝的脚印而受孕
并一起祈愿尚未出生的孩子
目光不再被山，被火，被墙
挡回来

1985 年

胡苏姆

微小而谦逊的太阳
躲到哪儿去了，傍晚真冷

冷才能感到毛皮地毯的温暖
乡村，牙科医生家
橡树的门打开
中德作家作品交流会
声音的圆盘上
转动 1985 文字的星光

你的山毛榉黑色树干
摇响我胆怯的影子
上帝的圣杯伸手可及
唯一的祝福是
每一杯都要盛着他自己

我的一杯来自故乡
它沾满草叶，清纯而微苦
高贵的超现代视我为外语

这时你转身打碎香槟酒瓶
冰淇淋举着小伞
从胡苏姆一家小小的咖啡馆
赶到郊外寻找牙科医生
治疗被文学染上的病

没想到这位牙科医生爱写小说
他走到麦克风前
朗诵文字，如朗诵一排牙齿

1985年

红草莓

在你的弦上摘了一颗
我就成为你的歌谣
红草莓的歌谣

我和你只有一个太阳
六月的莱茵河畔的太阳
多汁的太阳滴出怀念
古典的少年维特似的怀念中的
红草莓

草莓有一棵菩提树
菩提树有一段被汽车扔下的路
路边有一个小酒店
小酒店有一张蓝餐巾
蓝餐巾写着很多草莓

你这小写的德语字母，多汁的鸟儿
你这穿越植物音波的红草莓
从一些陌生的名字起飞
成为另一片在空中飘动的
我的果园

| 1985 年

正午的大麦地

一只金蜂蜇醒我的午睡

不断分岔的公路，速度在歌唱
老槭树善弹吉他
波罗的海的手指善作油画
一页一页被翻开
是正午的大麦地

分食过耶稣的身体
上帝的面包到处生长
正午的大麦地，人类香酥的胸脯
白丁香，紫丁香守护着面包篮
开始梦见夏天的啤酒

1985年

咖啡之歌

整个夜晚泡进咖啡杯里
走进一面奶质的粉墙
留下王子在石雕上受冻
留下郁金香继续忧伤
另一种文化的异香
全都融进杯子里

浓浓的咖啡，咖啡汁的月光
洒在语言与寂寞的开阔地
洒在拿破仑桥以及一日三次的鸡尾酒会
以及刚刚修剪过的草坪
落下祝福，祝福与咖啡一样好

这是金发旋转的夜，巴黎之夜
咖啡踩着一双银质高脚
兴奋的，惆怅的，放荡的，迷路的靴子
刚从高速公路和塞纳河边找回来
留给自己的梦太少
整盘整盘夜色转动咖啡

1985 年

圣母像前

在祭奠你已不是一种罪过
才来祭奠你
这已是我不可饶恕的罪过
母亲，何时你被捏成石膏
伫立在雕花圆柱上，伤风的
大理石，忧郁的钟声
全都淹没在忏悔的眼泪中

泪被稀释，一切都过去很久了
又忆起它的美好
被太阳灼伤的岁月，向谁去诉说呢
我只能绕过细节与你说话
绕过你去的那条路那座坟
在月亮深埋的地方，把你找回来

在黑蝶围绕中的红烛
在巴黎圣母院
母亲你被捏成石膏，细腻，温柔
披一身漂亮的法兰西语看着我
你不是我身患绝症的母亲啊
你不是我衣衫褴褛的母亲啊

只有圣洁与受难的目光依然
挂在脖子上的灵魂
无声无息地呼喊着耶稣
而耶稣每一刻都在出生
每一刻都被钉在十字架上
母亲，谁能真正帮助我们

1985 年

一个夜晚的感觉

我和你的倒影
一块儿在莱茵河畔饮水
文字与文字侧耳倾听
并吮吸彼此的油墨

将地平线抛过头顶
舞一条节日彩带
你的华美，已熏染我的目光
爵士乐一锤一锤
炸响夜色与牛排

椭圆的路环绕东西
一粒葡萄，已坠入椭圆的夏季
今生的我有幸已见到你
不幸已见到你，我无法抛开你
又不能真正靠近你
可知与未知
闪烁在明明灭灭的灯火中

裸体的风快乐地吟唱着
梦在出游还牵着一只狗
夜色开启，又缩进闭路电视
各色各样的声音脱掉睡衣

孤独时敢于不望月亮吗
荣耀时敢于拒绝所有鲜花和掌声吗
理解如水
偏见如墙
敢于逾越和奔流吗
地球是一粒物质的葡萄
一切都会亲近
一切又会陌生

1985年

远离你

现在，你才是我的远方
远离你
就觉得自己是最愁的人了

就想拨一个长途
听你的声音从那边传来
你就顺着电话线轻微地波动
布满我全身的丛林

就想早早地打开窗户
朝拜太阳升起的地方
东方，不可言传的东方
远离你，才感到你的神秘

在梦里翻开你的诗词
就担心今夜会不会有雨
雨水会不会淋熄我们的红烛
红烛点亮已有五千年
你生我已有三十多年

东方，不可言传的东方
我拎着你的花篮在远方
采回多少偶然，采回多少必然

一颗心活在自己的爱情里
一堵墙，转过身去看上一个世纪
许多相似的昨天重重叠叠
成为一种障碍
我走进你深深的皱纹
寻找开放与未来

云很厚
二十世纪前额结满电子球
我和你已走出六月炸裂自己

当我钻进一只钢铁甲虫
以每小时 180 公里的速度
在法兰克福呼呼地飞
当钢铁与玻璃的羽毛比翼飞升
当地平线退到不存在的地方
当不眠的窗口吞进今宵的月亮

我听到一只子规鸟
正站在远方的紫荆树上
招回自己的魂魄

1985 年

1988年与杨益言、琼瑶夫妇、高缨在大足石刻

后记

一直崇尚流水一样地写诗和过日子，流过去就流过去了，不回头看，更谈不上总结、反思。常有诗友谈到上世纪 80 年代，我的第一反应就是：哦！那时比现在年轻。

这几天我在做一件重新编辑自己的工作，折转身来，从老年回到中年、青年，回到我的 80 年代。由于平时不搜集不保存资料，有好几本诗集，居然没留下一本样书。庆幸的是老年并不痴呆，在所能找到的诗歌中，一经回忆那画面就活了，几乎每首诗背后都有一段故事，迷蒙蒙仍清晰可寻。

我在 80 年代的诗歌大致可分为四辑。

首先是果园诗。

我在果园生活了 19 年，那是我色彩的宫殿，青春的纪念碑！是那个叫“缙云山农场”的果园，给了我最初的诗的灵感。

1981 年，我出版了第一本诗集《绿色的音符》，读者在厌倦了“文革”诗歌帮风帮气的那个时刻，看见了我。不早不晚，我出来得占尽天时地利人和。

人们喜欢这些诗的清新、朴实，但我自己知道作为诗，它缺少艺术性，更谈不上创新、追求。什么感觉、意象、体验、洞悟这些词我都是过了很久才知道的。

80 年代初，这些诗获得过两次全国奖励。在带给我荣誉的同时，还有一种特别不好受的感觉，荣誉被提前透支的感觉，我就像欠了别人很多钱一样，都不知道这辈子能否还得上。

比如《汗水》，1981 年获全国中青年优秀作品奖，而我除了第一本诗集用过，以后的任何选本都不见踪迹。我不选就是觉得写得不好。这次我遵循登科教授重视历史资料的意愿，千方百计才找到了它。

在当年写给《诗刊》的一篇短文中，我写道：希望二十年后能写出真正的好作品，以赎回我的惭愧。长久以来，我一直怀着这种心情，一直渴望兑现自己的诺言。

接下来是关于母亲、家乡的诗。

“我们不是和你商量，而是给你一个不可抗拒的通知：今年春节我们三姐妹都回家乡过年。弟弟已决定宰一头猪、一只羊。”

1980 年 1 月，我从农场调到北碚文化馆，这是二姐寄往新址的第一封喜气洋洋的信。

母亲坟头已开过十一度桃花，我褴褛而端庄的母亲，你眼睛闭上就不再睁开，却让你头上的思子蔓绵绵持久地攀援。这就是团圆啊！几十年了，第一次团圆。

我嚼着鸡肉，喝着大土碗的转转酒，这双筷子这只碗是母亲的。我九泉下的母亲，我的忘川！

是缺柴，是少炭
煮一顿团圆饭用了二十年
嚼得烂的是鸡肉，嚼不烂的是思念
人世间的泪雨，溢出了杯盏

所有的愁最美是乡愁！我注定会写一些诗歌，不仅80年代，以后也还会写。一首写于此次回家的《七层塔顶的黄葛树》，听一位诗友说，收入《新诗300首鉴赏辞典》，和众多诗人在一起，已经印刷500万册。

第三辑应该是儿童诗了。

到了文化馆，果园诗歌暂告一段落，新的环境新的生活让我眼界大开，同时手足无措。因为我还没有从万事万物中捕捉诗意的能力，去了大海，看见浪花却仅仅是浪花。

是孩子挽救了我的诗歌！那年冬天我在市里开文代会，并搭乘12点到站的夜班车回家。12月的夜晚空旷、静寂、无比寒冷！远远地我看见在车站的路灯下在飘落的雪花里站着两个小不点，就是我家的夏夏和炜炜，我流泪了，当晚写成了我的第一首儿童诗《夜班车》。

我怎么能不铭记不感谢12月的温暖！

我这才发现，我的孩子，许许多多孩子，原来有那么多洒落在我身边的诗的光斑。我开始一点一点寻找，一点一点挖掘，一点一点聚拢，童真与母爱，一座潜藏于内心的金矿，好像是找到了！我很快走出困境，出版了第二本诗集《在孩子和世界之间》。

我与孩子一起成长，从小学到中学，我从孩子那里获得的是植物一样向上生长的蓬勃气息，我的儿童诗自然从幼儿写到少儿。无论幼儿诗少儿诗，美丽心灵和大自然都是诗的土地，感觉和意象都是诗的共同语言。

第四辑也是最后一辑，一定是行吟。

这是走到哪里写到哪里的诗，有些时候就是采风交的作业。也许有人会说，没有经过充分酝酿、发酵，能写出啥呢？

我就是这样一个人，听话。从第一次参加活动起，只要组织者说一声什么时候交稿，我就一定会准时呈上。不管完成得是刚刚及格还是稍好一些。我私下里对自己说的话更上不了桌面：吃了别人的饭，坐了别人的车，就要……

我的庸俗妇人之见成全了我，在诗集里，一数，这样的诗竟占了三分之一。

我渐渐发现，除了催稿者相逼给我压力，我还真喜欢这种状态下的写作。新奇的感受，辽阔的视野，泥泞、废墟、陷阱、开花的或荆棘丛生的路，一次次给了诗人。诗人是幸运的人。

我们能不感谢那潜藏于一山一水，一沙一石，一枝一叶间的生命的启示吗？

作为命运的跋涉者，见证者，行吟诗同样需要经历、积淀和思索，它更加具有难度和挑战性。

80 年代被称为中国文学史的新时间，一群饱经沧桑的中老年诗人和一群初出茅庐的青年诗人，以无比的热情迎接春天。吕进先生说那是辉煌，诗歌有了崭新的生存环境。登科教授说那是满怀激情和诗意的年代。

有两次盛会至今难忘。

1986 年 10 月，西南师范大学（今西南大学）新诗研究所成立不久，在东方红礼堂举办朗诵会，以台湾诗人彭邦桢的《月之故乡》为题，诗人自己上台，朗诵彭邦桢以及各路名家以及西南师范大学（今西南大学）年轻校园诗人以及自己的诗。那火爆场面，灼热气浪，不可抵御地淹没了一切，门窗挤破，礼堂外面还站满了人。

同年 12 月，成都。《星星》诗刊评选出“读者最喜欢的十位诗人”。如果没有记错，有北岛、舒婷、傅天琳、叶延滨、李钢、杨牧、杨炼、顾城、江河、叶文福。在成都市文化宫每人做半小时讲话，同样，又是挤破了门窗挤断了桌子椅子的腿。在一个记不起名字的剧场做朗诵会，全场沸腾，结束时为避免因签名、照相引起骚乱，由警察护送我们从厕所一侧的后门悄悄溜走。

80 年代最著名的诗群当数朦胧诗群，虽然有出版社出书时把我还有李钢也收入其中，但我的诗并不朦胧。吕进先生将这一类诗人归入“新来者”，很贴切，很科学。新来者是时代的守望者，在诗歌精神上和传统亲近，在生命感上和朦胧诗人相通。用先生的话说，就是“注重诗的使命感，注重诗与社会、时代的联系，注重诗的思想含量和承担精神，同时非常注重诗的审美感染力”。

从写第一首诗起，不觉已有 50 余年，我对于诗歌的体会和认识，总结起来，也就只有以下几句或者几十句话：

让生活在诗歌中恢复它们本来的诗意，这是一生都在吸引我的工作，我很乐意将自己深深地沉浸其中。

本质上诗歌是情感与思想的高度统一，技巧上是音韵、节奏、感觉、意象的高度综合。

一首好诗的完成一定有生命的参与，让读者读到你的脉动和心跳。

诗歌要向读者传递新的经验，要像水一样清澈，像山野的风活色生香，像岩石一样坚硬，有重量，有定力，牢牢站在地上。

不喜欢过分的晦涩，无边际的天马行空；不喜欢表面华丽的虚假珠宝和油腻的宴会厅；不喜欢雨过地皮湿；不喜欢装神弄鬼把人人都懂的事情讲得人人都不懂。

诗人是语言的净化者，如果诗人都把话说不清楚，思维混乱，口齿不清，那么这个世界还能指望谁来把话说清楚，说得更有意思呢？

一段时间，一种方式如果写得太顺手了，如果有点小感觉东拼西凑就凑得像一首诗，诗人就得警惕了，不要以为才华已经横溢了，才华是最靠不住的东西，写诗同样需要老实本分。

诗人不是熟练技术工，不能踩着滑溜溜的语言，无阻力行走。

诗歌的高远境界才是我们超越字词的最终追求。

傅天琳

2017 年 2 月 10 日